感性与理性

一种关于人生哲学的思辨

柔刚 著

青海出版传媒集团
青海人民出版社

图书在版编目（CIP）数据

感性与理性 ： 一种关于人生哲学的思辨 / 柔刚著．
西宁 ： 青海人民出版社， 2025． 5． -- ISBN 978-7-225
-06864-0

Ⅰ． I227

中国国家版本馆CIP数据核字第20251KH301号

感性与理性

——一种关于人生哲学的思辨

柔刚　著

出 版 人　樊原成
出版发行　青海人民出版社有限责任公司
西宁市五四西路 71 号　邮政编码：810023　电话：（0971）6143426（总编室）
发行热线　（0971）6143516/6137730
网　　址　http://www.qhrmcbs.com
印　　刷　青海雅丰彩色印刷有限责任公司
经　　销　新华书店
开　　本　890mm × 1240mm　1/32
印　　张　5.125
字　　数　100 千
版　　次　2025 年 5 月第 1 版　2025 年 5 月第 1 次印刷
书　　号　ISBN 978-7-225-06864-0
定　　价　32.00 元

柔刚，本名杨建毅，甘肃靖远人；中共党员，博士，教授，博士生导师；荣获省级宣传文化系统“四个一批”人才和“思政名师”称号。

目 录

第二辑

第三辑

第四辑

第一辑

003

朦胧

月色朦胧

秋风袭袭

河水在朦胧的月色下轻轻地流

发出温柔的朦胧的鼾声

水面上朦胧的月色

隐约映着对岸的灯光

上游不远处的桥

岸上高高矮矮的树木

也都抹上了朦胧的月色

在这朦胧的世界里

我的心也荡漾在朦胧中

不知心将荡漾何处

不知谁在朦胧中荡漾

不知在哪写下一首荡漾着的朦胧诗

冷光·北风·落叶儿

深秋

太阳灰蒙蒙的

射出使人发冷的光

在这冷光里

还吹着使人发抖的风

在北风的驱赶下

树叶儿不舍地离开了枝头

飘落着，飘落着

不知飘向何方

深秋的一天

深秋的一天
太阳暖烘烘的
我走过田野
坐在河边
听着河水的涛声
听着牧人的歌声
听着魏尔伦的心扉
也听着朋友那甜甜的记忆

深秋的一天
太阳无遮掩地照着
我走过田野
坐在河边
看着垂钓的孩子
看着恋人的甜蜜
看着朋友的幸福
也看着少年在水中击流而进

一只小羊的自悟

有人讲过这样一个故事
有只小羊在一片漆黑的夜幕中
发现了一颗闪亮的夜明珠
它欣喜若狂向前奔去
但就在此时
它陷入了一个深渊
它险些不能自拔
但它还是奋进

在这自救的过程中
它明白了一个道理
什么是属于自己的
什么是属于别人的
但它仍然相信
上天总会赐给它
一颗明亮的夜明珠

一首变奏曲

一边是古老的钟鼓楼

一边是现代化大厦

在这不协调中

却传出了一首和谐的变奏曲

它的演奏者是你我他

是用传统和现代塑造的大写的人

爱情的萌动

爱情

你来了

又怕你来

你去了

又怕你去

就这样

我在沉默中祈祷

在祈祷中沉默

一会儿愿你像三月里的小雨

轻轻地滋润心田

一会儿又愿你像秋日中的阳光

暖暖地抚慰心灵

一会儿又愿你像夏日中的闪电

匆匆地走进心房

春天来到的时候

迎春花开了

红豆草死了

心里是一片空白

只剩一副完整的躯壳

躯壳像一片在水面上飘着的树叶

或顺流而下

保持一个完整的形状

或被推向岸边

晒干、枯萎和粉碎

春天来到的时候

虽然能看到冬日里的残败

但总是盼到了夏的花海

绿色

残酷的严冬扼杀了绿色的生命
绿色从人们的视野中消失
当春日的阳光温暖大地时
绿色又绽开

幼小的绿色啊
是那样地轻
那样地柔
也是那样地嫩

但它们却
努力
努力地伸向广阔自由的天空
热情
热情地去接受来自阳光的亲吻

011

在两条河的交汇处

在两条河的交汇处
曾是两颗心的融合
在两条河的交汇处
也曾是喜和愁的分离

当船儿漂荡到此处时
每个人的心都融化了
融化在清清的涟漪中
回荡在暖暖的心田里

偶感

有一个红红的太阳
一会儿照着巴山的鱼
一会儿照着朔北的风
还有几朵不知名的云
随着太阳飘

过了几天
巴山的雨歇了
朔北的风停了
那几朵不知名的云
也各奔东西了

问

我是这样幼稚

又是这样赋予幻想

常常仰望天空问自己

天的尽头是什么

是红红的太阳

是极乐的世界

是苦难的地狱

还是那暗淡的月光

或者什么都没有

什么都不是

我有了几分成熟

开始了现实的思考

常常面对眼前的世界　问自己

你看到了什么

是黄灿灿的金子

是舞场的狂欢

是语言的游戏

还是那温暖的春风

或者什么都没有

什么都不是

二月的春风

二月的春风

荡漾起风筝的倩影

舞动的双翅

浮现出童年的欢心

天上的风筝

依旧是那样飘逸

手中的线板

却牵起了长长的情丝

二月的春风

吹动起童心的跳动

飘飘荡荡的风筝

牵动着两颗年轻的心

鸟岛

和睦在这里完美无缺

歌唱在这里无拘无束

自由的你啊

我可爱的鸟儿

一个个弧线从岛上划过

划向水面，划向天边

像跳动的音符啊

奏出欢乐的乐章

这里是鸟的世界

自由的歌声荡漾在空中

啊

我愿化作一只鸟儿

在天上自由飞翔

塔尔寺里的记忆

一个个不解的目光

寻求着未知的答案

外面的世界有多大

念珠里能算出来吗

经卷里的世界又怎样

走出才能知道海阔天空

敦煌夜市

月亮悄悄地升起
带来的却是塞外古城的喧嚣

一爿爿商店
敞开了一张张可掬的笑脸
密密的茶桌
扯住了一次次挪动的脚步

朗朗的笑声
无语的独饮
都映入了
那琵琶女的眼睛

子夜的钟声
早已敲过很久
寂静的夜市
却传来情侣的琴声

小语：献给

（一）

当太阳落山的时候

将一颗红红的心献给人间

（二）

当干涸的土地得到一点点滋润的时候

将一颗绿色的希望献给蓝天

脚步

黑夜

沉重

在马路上撞出空旷的沉闷

白天

身后

留下的是一串串深深的脚印

雨中，雨后

下雨了

这是春天的第一场雨

下雨了

我在雨中漫步

任凭雨滴打在脸上

我扬起头、张开嘴

甜甜的雨水

把一丝苦涩洗刷得干干净净

雨停了

天空变得清新而富有色彩

雨停了

我站在地头

看见远处迎春花又开了

我深深地吸了一口
泥土的芳香浸入心脾
热爱生活的人们在松软的土地上
播撒无限的希望

港湾

（一）

命运在曲线上波动

在北回归线很远的地方

漂泊的孤舟

停在了一个宁静的港湾

（二）

蔚蓝色的海水

轻轻地吻着岸边的岩石

将那无穷的孤独与失落

缓缓地吸进宽阔的胸怀

所有

所有的爱
都将是我们的
所有的日子
都将是我们的
世界因为我们而缤纷
生活也因为我们而绚烂

所有的爱
都刻在我们心里
所有的日子
都刻在我们脸上
春天因为我们而播种
秋天也因为我们而收获

第二辑

春天的呼唤

轻轻的脚步

伴着一颗焦急的心

盼望着、盼望着

春天的鲜花

秋日的果实

听

“哇”的一声

带来一个新的生命

看

太阳老人的光顾

撒下了一片明媚的春光

春天、春天

呼唤着一个累累的硕果

新的生命、新的生命

必将创造一个灿烂的明天

高峡夜话

高峡平湖来相聚

把酒夜话十年情

风华正茂已昨日

事业迈步从而今

步入社会有蹉跎

体验人生志更坚

虽在他乡与四海

举杯共祝传佳音

献给一切勇敢者

勇敢和彪悍使你傲视强者

慈爱和柔情使你关注弱小

在你的世界里

铁的纪律和扶助孤残

是亘古不变的誓言

维护尊严和充满情爱

是永生传唱的赞歌

你常常站在天边的巨石上

昂起头

凝视远方

眼睛里充满的是威严和爱怜

威严来自对霸道者的傲视

爱怜来自对柔弱者的同情

就这样

你久久地凝视着

迎着太阳升起

伴着暮色降临

随着时间的流逝

你成了永恒的雕像

这雕像是灵与肉的铸就

这雕像是爱与力的展示

忽然

在一次搏杀中

你倒下了

但就在倒下的那一瞬间

你显示的却是不屈

也就在这次搏杀中

你献出了一切

留给自己的却是无悔

你在献出和无悔中

彰显出了生命的伟岸

你在献出和无悔中

揭示出了生命的真谛

在柔情中永不屈服

春天是什么

朋友，你知道春天吗
春天是什么
春天在哪里
我想了又想
找了又找

在抒情诗里
在赞美曲中
春天是明媚的阳光
是嫩绿的小草
是枝头的鸣叫
是河边的涟漪

朋友，这就是春天吗
春天就是这些
春天就在这里

我想了又想

找了又找

我开始找

在皑皑的白雪中

找到了一枝绽开的蜡梅

在茫茫的沙漠里

找到了一队远行的驼铃

在贫瘠的山梁下

找到了一双干裂的手

在孩子的红腮上

找到了一弯甜甜的酒窝

我终于找到了

春天其实播洒在大江南北

春天蕴藏在人们心间

我终于明白了

春天是一幅无言的画

春天是一首无韵的歌

春天有大自然的恩赐

春天更有勤劳与智慧的创造

我知道了

我也找到了

春天不只是这些

春天也不只在这里

在一年的任何一个时节

在祖国的任何一个地方

我们都能看见

都能找到

美丽的春天

夫子小调

鸟语啾啾

花容艳艳

春光如斯

夫子心欢

冬至

太阳啊，你就要返航

冰冷的大地啊，你就要复苏

沉默的河流啊，你就要发出那巨人般的吼声

冬至的太阳啊，是那么柔弱

此刻的严冬啊，是那么肆虐

凛冽的北风，咄人的寒气

肆虐地在脸上划过

冬至的太阳啊，你在低垂和徘徊

聚集着微弱的力量

将使那冬日的严寒远远走开

将用那心中的期盼唤醒灰色的面孔

不久，你会看到

灿烂的阳光普照大地

和煦的春风拂面而来
山在蠕动
水在欢腾
百草在探头

不久，你也会听到
百灵的旋律奏响山林
壶口的合唱回荡高原
马在嘶鸣
人在欢笑
大地在放歌

太阳啊，我冬至的太阳
我想拥抱你，和你一起冉冉升起
我想拥抱你，请赐予我无比坚强

中秋夜的诉说

中秋月圆之时，思念之情又悄然而至。每每这时，您的慈爱、您的微笑、您的刚强都一幕幕、一幅幅在我脑海中涌现，但十二个中秋之夜从未诉说完对您的追忆和爱戴。今天，我想对您说：

你是天山的雪
化作溪流缓缓流进我的心田
让我知道了爱的甘甜
你是高原的风
吹散乌云看到日出
让我知道了爱的温暖

你是天上的明月
黑暗时总要借助你
把心中的阴影驱散
你是海边的灯塔

迷茫时总是寻找你

把希望带到身边

你是阳光的化身

让我在你的怀抱里

幸福地微笑

你是智慧的使者

让我在你的启迪下

拥有了力量

用所有美好的语言

赞美你都不为过

因为你在我心中永远伟岸

用所有动听的歌声

歌颂你都不为过

因为你在我心中永远圣洁

啊，这就是你

一个平凡的母亲

把人间最无私的爱给了我

啊，这就是您

一个伟大的母亲

用心和情谱写着爱的颂歌

端午

启夏的阳光熠熠生辉
历史的尘埃散落在大地山川
曾记否
多少风流人物为这片田野奔走呐喊

繁星点点铭刻在寂静的夜空
土地上的人们用心倾听天际歌声
你知否
汗水和鲜血是乐章中最动听的音符

时光的推移可能会湮没许多
无私的真谛却始终明亮耀眼
屈子啊
粽叶的飘香就是你不屈人格的见证

今朝今夕日月又一次轮回且依旧

神圣的景仰之情从未在后人心中抹去

祈愿啊

民族的精神永远给人以坚强和力量

雪中情

2008年元月，大雪飘落大半个中国达半月有余，造成了几十年不遇的严重雪灾，致使交通阻塞，电力中断，抵御风雪成为国人共同的行动。

皑皑原上雪
生灵生计难
沉沉暮色中
游子念家还

场场雪无情
阻隔你我间
涓涓情与爱
百花春天艳

光彩

鸽子在飞翔

鱼儿在遨游

舞动的生命来自自然的恩赐

一个小小的我

也置身在自然的怀抱

无尽的思绪在时空中

划出一道闪亮的轨迹

点亮的星火也许非常微弱

可它照亮了我心中的黑暗

使我在茫茫宇宙中

成为最耀眼的星光

在斗转星移中

光彩总要衰退

可敬仰与追求光彩的心

永远在彭湃、跳跃

自然是公正、无私的

她没有给我优美的双翅

也没有给我光滑的鳞片

但她给了我能够穿梭天空

能够潜入海底的智慧光环

注：有感于 2008 年国家科技奖励大会。

我的心

2008年5月12日，四川汶川大地震造成重大人员伤亡和财产损失，此时此刻，从中央到地方，从领导人到平民百姓都把目光和爱心集中到这里。我的心也同任何一个有良知的国人的心一样，沉甸甸的。

看到一幅幅悲惨的画面
我的心在流泪
听到一个个感人的事迹
我的心在震撼
读到一篇篇赈灾的报道
我的心在颤抖
想到一张张惊恐的面容
我的心在撕裂

我挚真挚爱的父母兄弟啊
经历着太多太重的磨难

但民族坚毅的品格

在烈火中越铸越坚

山在崩裂

水在倒流

雨在倾盆

孩子的惊恐哭声

揪起千万个亲人的心

我的亲人啊

你可要挺住

生的信念

一刻也不能放弃

在你的周围

有我还有他

我们都期盼着

你平安归来

一方有难，八方支援

人民政府把指挥所设在前线

子弟兵突击队从天而降

工人师傅架起吊车不停抢救

农民兄弟开着农用车前来援助

公司经理穿上工作服拿起电钻

还有那数不清的人纷纷解囊

哪怕只有两元钱

时间，时间就是生命

此时此刻知道生命是那样宝贵

灾情，灾情就是命令

此情此景懂得什么是万众一心、众志成城

看到了这些，懂得了这些

我们不再哭泣，也不再害怕

一切灾难都会过去

更何况有钢一般坚忍的民族精神

五・一二

是逝者的忌日，活者的生日

愿逝者在天之灵安息

愿生者在大地上更加坚强

观北京第 29 届奥运会开幕式

我看到过无数次升旗

我听到过无数遍歌唱祖国

但当我在北京奥运会开幕式上

又一次看到鲜艳的五星红旗

又一次听到清脆的歌唱祖国

我的眼泪忽然情不自禁地涌了出来

我的喉咙顿时哽咽住喊不出声

此时此刻

我不知道为什么会流泪

但我知道我对这土地爱得深沉

此时此刻

我不知道为什么会哽咽

但我知道无数英雄儿女的生命

换来这多娇江山

我让眼泪这样默默地流着

看着五星红旗冉冉升起

我让喉咙这样硬硬地哽咽着

听着歌唱祖国越来越嘹亮

就这样看着看着

飞天将百年梦想

真实地撒在绚丽的夜空

就这样听着听着

我和你手挽手，肩并肩

共同分享奥林匹克荣光

盛世抒怀

举首邀明月

共享舞翩跹

斑斓映流火

华彩谱新篇

注：据报道 2009 年 2 月 9 日 22：49 为近 52 年来月亮离地球最近最大最圆。

历程

我们从迷茫中走来

本已弯曲的脊背又压上了列强的魔爪

苦难的民族啊

在哪里可以寻找到黎明的曙光

我们从红楼中走来

从冬宫的炮声中

听到了马克思主义真理的声音

从红场上飘扬的赤旗中

看到了不朽的人类解放的誓言

我们从战火硝烟中走来

高擎伟大的旗帜

用镰刀和铁锤

让久已弯曲的脊梁直立了起来

我们从《东方红》的歌声中走来
在保卫和平的誓言中
用镰刀和铁锤
开始自己家园的建立

我们从万般艰难中走来
伟人的理论指明了前进方向
用火一样的热情和无穷的力量
给大地披上了多彩的盛装

我们从改革开放中走来
唱着春天的故事
用一颗激情澎湃的心
创造出一个又一个奇迹

我们从种种挑战中走来
站在新世纪的起跑线上
用信念、毅力和特色理论

树起了又一个崭新形象

我们一路走来

豪迈和自信写在每个人的脸上

我们向着未来走去

科学发展必将勾画出盛世华章

同窗七言绝句（之一）

老友相聚枣树下

儿童嬉戏绕身旁

忆说当年青春事

皆座啼笑畅开颜

同窗七言绝句（之二）

久别重逢茶更香

同窗之情品味浓

闻得雨打落叶声

俏立枝头花更红

路

一年的路有多长
用我的脚步测量
经过了
春的温润
夏的火热
秋的丰硕
冬的严寒

人的心路有多长
用我的情感测量
经过了
爱的温暖
恋的相依
痛的疾首
恨的忧伤

路
究竟有多长
有没有确定的方向
有没有一个尽头

在整洁平坦的广场
路就在人的脚下
可以任意走
无论你走到哪都是锦绣气象
在荆棘丛生的旷野
路也在人的脚下
付出的是心血与汗水
得到的未必都是鲜花与掌声

路在延伸
激情和毅力可以伴我丈量
虽然时间的定律让我的脚步变得
越来越沉重、越来越迟缓

也会让我怀着无限的遗憾

但路是人走出来的

人走多远路就有多长

祖国是什么

——献给新中国六十华诞

祖国是什么

祖国在我心中有多重

我曾一遍遍地问自己

也曾一次次地感受、思索

翻开历史的画卷

我知道祖国

曾创造过人间奇迹

铸就过许多骄傲和辉煌

翻开历史的画卷

我也知道祖国

曾是那样积贫积弱

整个身躯弯得不能再弯

翻开历史的画卷
我还知道祖国
曾在苦难的深渊中挣扎
迸发出惊天动地的吼声和壮举

四十二年的人生虽然不长
但也有一些宝贵的记忆和深刻的思考
尤其是经历了改革开放的巨变
我找到了所问所思的答案

面对现实的火热
我看到祖国
变得越来越年轻
阳光、时尚与帅气在每个人身上散发和洋溢

面对现实的火热
我也看到祖国
变得越来越美丽

人在画中游已不是古老的传说

面对现实的火热

我还看到祖国

变得越来越挺拔

再大的困难和挫折都能挺得住、扛得下

我问自己祖国是什么

我对我说祖国

就是我的衣食父母

就是我的良师益友

就是我生于斯、长于斯的家园

我感受、思索祖国在我心中有多重

我的结论是祖国

就是我生命的灵魂

就是我全部的眷恋

就是我永恒的信念和追求

注：2009年9月30日23：30观大型音乐舞蹈史诗《复兴之路》后有感。

一勺池的静思

树叶在池水中轻轻地飘荡

大地深处是我不变的信念

虽然灿烂的星河深邃无边

青石小路却泛着点点白光

清晨，我在梦中听到鸟鸣

清晨，我在梦中听到鸟鸣
那鸟儿的叫声
是那样亮，那样脆

清晨，我在梦中听到鸟鸣
自己亦好似一只鸟儿
飞得那样高，那样远
同身边的鸟儿一起
穿过绿色的长廊
来到神话般的世界
和着欢乐的乐章上下飞舞
绕着森林的树尖儿自由歌唱

清晨，我在梦中听到鸟鸣
我来到了哪里呀
亲爱的伙伴

清晨，我在梦中听到鸟鸣

自己亦好似一只鸟儿

飞得那样高，那样远

同身边的鸟儿一起

飞过昆仑山的巅峰

来到冰雪高原

穿梭于金灿灿的阳光

任游在温暖的怀抱

第三辑

原点·支点

我站在世界的原点
仰视灿烂的苍穹
那若明若暗的群星
透视着我封闭的心房

我为什么如此坦诚
将我内心的一切向你敞开
那是因为你的深邃和无私
能告知我世界的秘密

我想找一个能安放灵魂的地方
遥远的天际可是我的家园
那尽善尽美的思想啊
可能给我一个灵魂的支点

企盼

你是一粒石子

我愿用手中的余热把你温暖

你是一株小草

我愿用心中的血液把你浇灌

你是一条小鱼

我愿用残余的身躯伴你长大

你是一颗流星

我愿化作彩虹托你升起

不要问我为什么

我的心你会懂得

不要问我会怎样

我的爱你会感受

如果你非要知道这一切

我想回答你的就是两个字——企盼

如果你又要问企盼是什么

我只能用心和爱来回答

企盼是一种肩上担起的责任

企盼是一种心中盛满的义务

企盼是用温暖筑起的港湾

企盼是用热血灌溉的沃土

企盼是模糊的眼中噙着的一滴泪水

企盼是渐曲的身躯撑开的一片天空

企盼不是索取后的满足

企盼却是奉献中的消失

远方的绿洲

远方的人来到这里
用一滴滴汗水开出了一片绿洲
我也从远方来到这里
闭上眼睛深深地呼吸着草的芳香
想象着云朵中飞舞的彩蝶

山里的牧人啊　守护着牛群和羊群
与鲜花相伴　与彩蝶为舞
过着一种让世人羡慕的生活

然而
长久的艰辛和贫瘠
远离文明的荒蛮与孤独
让心中充满想象和期盼的牧人
失去了昔日的睿智与欢乐
从他们近似茫然的眼神中

看到的是一种无奈和沉默的接受

面对此

人们常常又以文明人的身份予以同情和评价

但是

在喧嚣的尘世中

人们早已忘记了人本来的生存意义

唯有在远方人开辟的绿洲上

在牧人无言的诉说中

我才真正领悟到人生的真谛

忍耐和坚强

种子

路上落着一颗种子

我低头看去是那样地饱满

我小心地把它捡起

放在手心

它又是那样富有张力

我仔细端详种子

思索着它如何生根、发芽、开花、结果

是何种力量又使它能够这样

它的主人对它寄托了什么

它又为它的主人带来了什么

我放眼望去

一大片麦田和泛黄色的油菜花郁郁葱葱

它们是种子力量的展现

大地母亲的恩泽

人们心中的期望

当人们把种子撒向大地的时候
播种的是一个个希望
肥沃的土地、丰沛的甘露伴着温暖的阳光
孕育着可爱的禾苗、鲜艳的花朵
孕育着人们心中渐起渐长的幸福

当人们从大地中收获果实的时候
他们得到的是一个个硕果
沉甸甸的麦穗、芳香的菜籽和着灿烂的微笑
憧憬着满仓的丰饶、四季的飘香
憧憬着人们心中割舍不下的来年的期盼

寂静中的等待和坚守

空气中弥漫着的埋在泥土中的

小草的青春气息

浸润着我久违了的肺腑

在寂静的夜的春雨中

思想者的执着

如即将破土而出的勇敢的新生命

在寂静中等待

在寂静中坚守

我不知道

寂静中的等待和坚守

是不是如小雨一样

能滋润一片泥土中即将萌发的小草

换来一片勃勃生机

我也不知道

寂静中的等待和坚守

是不是如雨过天晴一般

阳光灿烂、空气怡人

换来一片笑语欢声

思想者在寂静中等待和坚守

夜色给了他一座雕塑般凝重

小雨牵起他一颗绵绵的情怀

等待和坚守中的企盼啊

即使你的眼中没有我

你也永远刻在我心中

轻轻地走

在柳絮飞扬的时候
在槐花飘香的时候
在冬麦泛绿的时候
你走了，去体验另一种
存在的宁静与安详

现世的一切是那样浮华与躁动
生命的感受又是那样光怪与陆离
但是
生命的意义哪里就是如此
宁静与安详可能才是其意义的真谛

在柳絮飞扬的时候
在槐花飘香的时候
在冬麦泛绿的时候
你，轻轻地走了

正如你轻轻地来，没有半点喧嚣

轻轻地来，带来的是母亲的微笑
轻轻地走，又回到那母亲的怀抱
在那里，你
告慰着生命的崇高
完成了生命的升华

我是一片树叶

我是一片树叶
在秋风中轻轻地飘
飘到哪里我不知道
暖暖的地方可能只是梦的延伸

我是一片树叶
在冬日的雪地里瑟瑟战栗
和着一粒粒尘埃
化作了一点来日的春泥

我是一片树叶
在春潮的涌动中缓缓苏醒
润绿一株小草
便是我对大地的回报

香山幽思

清明踏青观香山

花伴鸟鸣莫言娇

忽如一缕春风起

忆母情怀伴逍遥

元旦偶感

岁末年首日
思绪舞翩跹
成败俱已往
来时总是春

导师明吾道
志向在心中
人生几回搏
勤奋铸风流

月之灵

在天上
清冷的月光照亮了身旁一颗孤独的星
在地上
一片洒满月光的树阴下
有个坚守执着的人
孤独地守望着天上那轮明月的高洁

月光泛着银白的青光
缓缓地走进了坚守者的心房
是温暖，还是冰冷
或许留下的是圣洁的倩影

在此时
寻找到的美丽是那月光的轻柔
在此地
坚守住的执着是那月色的无瑕

我的血

诚然

我为生命而滴血

我为尊严而滴血

我为大爱而滴血

我为真理而滴血

然而

我又为无知而滴血

我又为野蛮而滴血

我又为残暴而滴血

我又为自私而滴血

的确

我的血在流

流出我的胸膛

印红了脚下的土地

流成小溪

汇入江河

黎明

我站在高高的山上

远远望去

那鲜红的一片

是初升的灿烂的朝霞

镰刀和斧头的力量

绿草地上

一群青年在谈革命

他们看到了革命的过去

从镰刀和斧头中迸发出的火花

仍然映红着九十一年后青年的脸庞

从星星之火到燎原之势

从井岗会师到开国大典

让多少同路人感到温暖、自豪与骄傲

又让多少人燃烧起火一样的激情

把自己的青春和热血洒向脚下可爱的大地

从建设到改革

从继承到创新

当中国步入新的时代

未来的中国又将是多么美丽

那个美丽的国度就是梦的实现

此时，就在此时

你看

车轮飞驰犹如闪电

汽笛轰鸣恰似呐喊

人们脚步匆匆但洋溢着快乐

热情地拥抱从镰刀和斧头中迸发出的力量

所有的这一切

都昭示着一个主题

迎接明天

注：写在党的十八大召开之际。

祭舅父

舅父一生，仁心德厚，
关爱吾辈，暖如春风，
事无巨细，无不操劳，
今失舅父，扼腕痛惜。

家母在世，常叙家史，
长兄如父，支撑家业，
赡养老人，供母求学，
教儿牢记，涌泉相报。

忆想当年，生活拮据，
舅父相助，恩重如山，
每到舅家，嘘寒问暖，
餐桌丰盛，犹如年节。

与疾斗争，十又二年，
顽强精神，积极乐观，
关心国事，尽绵薄力，
优秀品质，令吾钦佩。

从医一世，扁鹊功德，
修身修行，造福桑梓，
任劳任怨，风雨兼程，
兢兢业业，一心为公。

逝者如斯，善良为怀，
于公于私，无愧好人，
呜呼哀哉，舅父千古，
恩情难忘，音容永存。

路在脚下延伸

秦岭葱茏

丹江碧透

一个黄土高原的汉子

把根扎在陕南大地

半个世纪的光阴

汉子在风雨中

走遍了这里的山

这里的水

同父老乡亲一样

把心血与汗水撒在公路两旁

岁月总是无情地刻在每个人脸上

钢铁般的汉子渐渐步履蹒跚

一个年轻时的梦想

已在老人脚下延伸

后来，老人倒下了
犹如他只身而来
未带半根草去
山川大地呀
曾记否
那个来自黄土高原的汉子

忠骨青山处处埋
苍茫大地以博大的胸怀
接纳了她的儿子
路漫漫，情切切
无私的追求得到了亲人的赞誉
赤诚的奉献铸就了心灵的丰碑
路在脚下延伸
魂系故乡他乡

我站在夫子脚下

我站在夫子脚下
仰望那高傲的头颅
注视那深邃的目光
崇敬和忧伤由衷而生

夫子的胸怀宽大而温暖
在遥远的天际仍能感受
仁爱的力量竟是如此强大
化开千年的冻土和心灵的冰川

夫子的情怀幽怨而绵长
触动着我内心的痛伤
人世间的苦难何时了却
深情的眼中总是噙着泪水

我站在夫子脚下

顺着夫子的目光望去

满天的星空依然灿烂

心中的企盼寻归何方

注：事实上，心中的企盼可能寻归于自然法则，也可能更多的是寻归于我们内心的道德法则。

你

你的脸上有了皱纹
你的鬓角有了白发
但你的声音依然是那样清亮
你的笑容也依然是那样甜美

多少次，我在梦中想你
多少次，我在梦中爱你
多少次，我在梦中被你那甜美的笑声叫醒
又有多少次，我在梦中
为听不见你那百灵般的歌声而流泪

你在哪里啊，你似乎还在天边
但我看见你的微笑依然是那样甜美
仿佛是达芬奇画笔下永恒的定格
永远都是那样美丽、迷人

你在哪里啊，你似乎还在远山
但我听见你的声音依然是那样清亮
仿佛是贝多芬键盘上不朽的咏叹
永远都是那样动听、醉人

我在梦中找啊，找到你
我会爱个不够
我在梦中想啊，想起你

牵手

在不经意间

你我都添了几根白发

还未等数清天上的星星

额头就布上了皱纹

岁月到哪里去了

它由黑发变成了白发

由光洁的肌肤变成了条条皱纹

亲爱的

过去我们手牵着手

唱着歌儿打发时间

还总是感觉未来遥遥无期

现在我们叙述旧事

说话间

青春亦为往昔

岁月在我们的鬓边悄悄留痕
还在我们的指尖轻轻滑过
我们用心去倾听各自的心声
似乎还能听到澎湃的激情
我们用手去丈量岁月
长出的是我们的过去
短去的是我们的以后

慢慢地　我们发现
我们的青春已不在
慢慢地　我们也发现
我们的青春似乎还未老
它还在我们心里
它就在你我的牵手之间
我会祝福不已

你我的手，你我的肩

我是你的手杖

你是我的手杖

我们手挽着手

肩靠着肩

朝着夕阳走去

迎着朝霞走来

余晖

把我们的影子拖得长长的

那是我们对过去的眷恋

朝霞

把我们的身躯照得暖暖的

这使我们对未来有了更多的企盼

我们眷恋着过去

因为无论过去怎样

它都承载着我们的青春

我们企盼着未来

因为无论未来是否遥远

它都有很多很多的幸福

手挽着手

相互给予的是力量

肩靠着肩

彼此获得的是依靠

朝霞总是光彩绚丽

余晖依然灿烂夺目

相逢

—— 谨以电视剧《雪花那个飘》主题曲《相逢》为毕业 20 年聚会主题作诗

在天高云淡的仲秋，雨后明媚的早晨
我背着厚重的行囊走进校园
你轻舞飞扬的倩影划过我的身旁
你银铃般快乐的笑语在我的耳边回荡

我记得你的名字，还有你的模样
同窗的你和我有相守和相望
北风吹过田野，带走了我们的青春
河边盛开的花朵，也在我们心中绽放

过去的岁月，我们曾一起走过
畅谈未来，我们拥抱理想
亲爱的同窗，我们彼此惦念
在漫天飞舞的雪花中，我们想留住美丽

那时候的雪下得好大

深深的脚印，在青春里安了家

笑也春秋，哭也冬夏

那是多美呀，我们怎能忘记

留住吧，漫天飞舞的雪花

留住吧，轻舞飞扬的倩影

留住吧，银铃般快乐的笑语

留住吧，曾在一起的时光

注：特别致敬原词作者安建先生。此处有改动。

致敬历史

—— 写在新中国六十二周年华诞之际

在历史曾经的一段记忆中
似乎贫穷衰弱是她的模样
在历史曾经的一段预测中
似乎软弱可欺是她的未来

哪里可以得到喘息
何时可以没有压迫
我们在历史中寻找
我们在历史中等待

就在六十二年前的今天
我们从战火中走来
为自由而满身征尘
我们从屈辱中崛起
为独立而血染江河

今天是您的生日啊

我亲爱的祖国

站在天安门广场

我仰望五星红旗

鲜艳的国旗是那样美

红得让人心喜

舞得让人心动

今天是您的生日啊

我亲爱的祖国

站在天安门广场

我凝视人民英雄纪念碑

思绪如潮涌动不已

情感似波跌宕起伏

今天是您的生日啊
我亲爱的祖国

在这里，历史化作了纪念碑
沉默地记载着无数先烈的名字
以人民英雄的崇高称谓
表达着对历史的尊重

今天是您的生日啊
我亲爱的祖国

在这里，历史是无声的
记录着我们太多的痛苦与欢笑
在这里，历史是厚重的
承载着我们无数的经验与教训

在这里，历史是公正的
评价着我们经历的正确与失误

在这里，历史是进步的
引领着我们前进的方向和目标

今天是您的生日啊
我亲爱的祖国

站在天安门广场
我向五星红旗致敬
你就是我们未来的希望

站在天安门广场
我向人民英雄纪念碑致敬
你永远是我们的骄傲

第四辑

我看见

我看见

2017 年的第一轮日出

是蓬勃而升的样子

万道晨光犹如银线一般

织满大地

折射出如镜的光亮

照亮了山川大地

更点燃了人心中灿烂的火焰

我看见

2017 年的第一轮月光

是弯弯而翘的样子

柔柔青丝就像淡淡墨香

缀满天宇

若隐若现如萤火

勾勒出江河情怀

更拨动了人心中悠长的琴弦

注：这是 2017 年元旦写的对来年的寄托，但一晃放置了一年，2018 年元月才又拾起读了读，并稍作修改，权且算作对又一个新年的寄托。

沉思未来

人的活动空间越大，未来与人越是遥远，人对未来的期望值也就越小；相反，人的活动空间越小，未来与人越近，人对未来的期望值也就越大。事实上，未来就在脚下。

我仰望无边的天际
问星空
我的未来在哪里

我匍匐在大地的怀抱
问泥土
我的未来在哪里

浩瀚的宇宙是那样辽阔
点点繁星回答我
未来是一颗遥远的星辰

厚重的大地是那样深沉
颗颗沙粒回答我
未来是脚下的小路

仰望星空啊
我知道未来不在手中
而在那一头

俯身泥土啊
我知道未来就在眼前
可以紧紧攥在手里

赤子的期待

站在一幅山水画前
淡淡的轻烟拂过心头
空中的明月映照着远方的忧思
身旁的清泉传递着无尽的细语

置身其中令我万千思绪
但我忘不了啊
你轻盈的身影
在月光洒满的窗台和小路
你呢喃的话语
在泉水浸润的老树和新芽

我回眸山水
画外的世界又是那样大
但我不知道现在的你啊又在哪里
再请明月映照出你的身影吧

再请清泉传递来你的话语吧
我是多么期待呀

你可知道
一幅山水画里
有一个远方的赤子
在月光下等候
在泉水旁倾听
还浮现出了
期待

今夜和你在一起

今夜和你在一起
我对你充满着说不出的羡慕
我羡慕你如此年轻
青春挥洒出无忧无虑

今夜和你在一起
你年轻的心啊在我胸膛中跳跃
你青春的热血在我血脉里涌动

你知否
我热爱年轻
我致敬青春
你也知否
我也年轻过
蔚蓝的天空飞翔过我青春的梦想
广袤的大地奔放过我年轻的英姿

那时的我和现在的你一样

脸上也总是洋溢着灿烂的阳光

心中也总是揣着不安的情思

今夜和你在一起

我发现

岁月的痕迹刻在我脸上的是难言的思绪

我感到

一颗并不苍老的心总想找一个平静的港湾

今夜和你在一起

难言的思绪啊渐渐淡去

平静的港湾啊涌起阵阵波澜

你知否

年轻永远令人羡慕

青春才是我们不朽的年华

注：参加学院迎新晚会，看见一张张年轻的笑脸有感。

上元

明月初上元

歌舞始翩跹

灯火阑珊处

众人尽开颜

渴望春天

经过漫长的阴冷、干枯、荒芜、尘埃之后，春天即将到来，开始有了新的渴望。

我渴望春天
渴望春天的阳光
让每一个毛孔都尽情舒展
渴望春天的雨露
让每一寸土地都饱满滋润
渴望春天的嫩绿
让每一道山川都焕发生机
渴望春天的花蕾
让每一缕芬芳都沁入心脾
渴望春天的妩媚
让每一张笑脸都怒放灿烂

我渴望

渴望春天的到来

我渴望

渴望春天铺满大地

我渴望

渴望春天温暖人间

我渴望

渴望春天生机盎然

岳父

岳父大人，忠厚一生；
坦荡胸怀，与世无争。

虽为匹夫，心系天下；
是非曲直，自有明鉴。

热爱家乡，竭力奉献；
勤恳工作，无怨无悔。

待人善良，不存私利；
生活简朴，从无奢侈。

泰山品质，是吾楷模；
言传身教，没齿难忘。

味道

我站在大河边的山坡上
弯身捧起一抔黄土
丝丝依恋的味道
浸入我肺腑深处

大河挽着山唱着悠悠的歌
山伴着大河昂头远眺
大河轻柔啊，滋养着山的一草一木
山浑厚啊，让大河欢快安详

我匍匐在山坡下的大河边
把头埋在缓缓的带着泥土味的流水里
浓浓的乡愁的味道
让我沉醉不已

这厚厚的黄土的山啊
有着父亲走过的足迹
这淳淳的黄土的水啊
含着母亲留下的诉说

我跪在山坡上
捧起一抔大河边的黄土
深深地闻着
闻到了父亲山似的味道

我跪在大河边
掬起一捧山坡下的黄水
细细地吮着
吮到了母亲河样的气息

爱

亲情、爱情、友情是爱中珍贵的，还有比它们更为弥足珍贵的，那就是对人类的爱，对一切生命的爱，对家园的爱，对我们赖以生存的星球的爱。这是大爱。

在灿烂的星河中
有一颗蔚蓝色的星球
在它上面
生活着一个个鲜活的生命

生命固然有阳光的温暖
但爱的拥有却是生命涌动的源泉

在无际的宇宙中
有一种无言的情感
在它里面
孕育着一个个思想的精灵

思想固然有理性的支撑

但爱的抚育却是思想迸发的火焰

爱是什么

我至今也说不清楚

但我总在仔细地感受

真切地体验

爱似乎是潺潺流水

滋润着我干涸的肺腑

爱似乎是袅袅青烟

缭绕着我空缺的心灵

爱似乎是一把藤椅

抚慰着我疲惫的身躯

爱似乎是天边的一颗明星

点燃着我无限的向往

白开水

我觉得口渴

你倒了杯白开水

白开水清澈

没有一点杂质

没有一分色差

洁净到了你没有任何理由藏起一丝杂念

白开水温润

端起来暖暖的

喝下去柔柔的

舒适到了你没有任何地方泛起一丝不安

白开水平淡

从入口就是那个味

流淌过心田还是它

恬静到了你没有任何瞬间闪出一丝妄想

我又口渴了

你又倒了杯白开水

在路上（之一）

你我都是行路人

各自有起点和终点

在路上，我们

或同向而行

或对面而来

或并肩而去

或擦肩而过

在路上，我们

或彼此呼应

或行色匆匆

或瞩目相视

或静听心扉

在路上，我们
或殊途同归
或同源异流
或彼此牵手
或无缘相识

在路上，我们
或如断壁残垣有一点记忆
或如海之浪花有一瞬绽放
或如飞扬尘埃等待落定
或如风之云端随意飘浮

回眸来路
你我都有起点
遥望去路
你我都有终点

无论你我怎么走

我们都是行路人

注：在路上，我们是否需要留下点什么？又能留下什么？

在路上（之二）

人朝着儿时的记忆

心朝着升起的希望

灯为我点亮了道路

渴望之火开始燃烧

注：接刘伟同学的诗而作。

附：刘伟同学的诗

杨老师，今天是除夕，给您拜个早年，祝您节日快乐，阖家幸福。在回家路上写的一首粗陋的打油诗，祝福您及家人，祝福伟大的祖国。

在路上

人，已经在路上

心，朝着炊烟的方向

无论风华年少

无论白发苍苍

无论春风得意

无论满面沧桑

千里万里不嫌长，就是刻骨信仰

灯，点亮万家安详

火，让静好岁月更加温暖

无论低头耕耘

无论负重而行

无论烟雨长歌

无论寂静沉吟

日夜思念安放处，就是梦里故乡

与父亲游百合公园牡丹园

又是一年春和日

身心愉悦游出门

姹紫嫣红秀满园

牡丹自喜耄耋翁

黄河的儿子

从生下来就在黄河边

喝黄河水，听黄河谣

黄河舒缓的柔情孕育了善良的心

黄河勇猛的执着铸就了不屈的脊梁

长大后，一个黄河的儿子

走出黄河的怀抱

黄河的儿子来到戈壁大漠

虽听不进黄河翻滚的涛声

也喝不上带着黄土味的河水

但黄河的模样常常浮现在眼前，泛起在心间

黄河的儿子从来没有忘记黄河的哺育

黄河早已成为他心中抹不去的情结

现在，黄河的儿子老了

仍住在了黄河边

在他的心中

哪里的美都美不过黄河的浪涌和舒缓

哪里的水都甜不过黄河水的土腥和芳香

攥起一把黄河的泥沙就是把心贴向母亲

黄河的儿子对黄河爱得深沉

常常面对黄河久久凝望

不时眼角浸出点点泪花

他用善良的心和不屈的脊梁

守望着黄河母亲的安澜

企盼着黄河儿女的幸福

观《画皮》

观电影《画皮》有感：什么是妖魔鬼怪？邪念恶心就是妖魔鬼怪。贪恋美色、追求虚荣、谋取不义之财就容易滋生出各种各样的邪念恶心，极容易被妖魔鬼怪所俘获。所以，人心要正，正可压邪除恶，自然就没有妖魔鬼怪缠身。

人来世间妖亦在
相隔两处本不同
贪婪之心迷勾连
人妖气息便相通

端正我心人自立
妖魔鬼怪不缠身
世间本为晴朗日
正气长存感天神

信仰

信仰犹如冰山上的雪莲
洁白无瑕
它的高尚是那样纯粹
让人没有一丝怀疑
信仰者在信仰面前
剩下的就该是虔诚

信仰犹如心头上的热血
鲜红沸腾
它的赤诚是那样纯粹
让人没有一丝背叛
剩下的就该是执着

如果谁在信仰面前作假
他可以为一切背叛自己的良知
无论他表现得多么高尚

终究都会遭到世人的唾弃
剩下的就是蝼蚁般的卑鄙

如果谁在信仰面前亵渎
他将要受到精神的折磨
无论他表现得多么轻松
终究都在负着心灵的枷锁
剩下的就是地狱般的煎熬

五星红旗

五星红旗

我看过你无数遍

每一次看到你

你都那样鲜亮，那样可爱

五星红旗

我看过你无数遍

每一次看到你

我都把你印在眼里，刻在心里

五星红旗

我用心爱着你

五星红旗

我用心护着你

五星红旗

我用心仰望着你

五星红旗

我的心和你紧紧连在一起

五星红旗啊

当你每一次高高升起

都会让我心潮澎湃

五星红旗啊

你就是我的骄傲

五星红旗啊

你也是我的牵挂

无论我走到哪里

只要看见你

我就知道

我和祖国在一起

无论我走到哪里

只要看见你

我就知道

你会给我最温暖的爱

会让我拥有最幸福的家

五星红旗

飘扬在我心中

胜利的歌声

回荡在我的耳畔

你和太阳一同升起

承载着鲜血与烈火

你和太阳一样永恒

书写着光明与胜利

五星红旗

我懂你、爱你

晨梦随笔

阳光和煦

空气清新

微风徐徐

鸟鸣啾啾

溪水潺潺

青草蔓蔓

花香四溢

神清气定

山河景明

气象多娇

人行画中

如痴如醉

心之悠悠

思之飞扬

大鹏翔空

安我在何

有时候

有时候

我们把东当成西

有时候

我们把南当成北

有时候

我们把过去当成现在

有时候

我们把现在当成未来

有时候

我们把好人当成坏人

有时候

我们把小人当成君子

有时候

我们……

有时候

我们……

所有这些有时候

就是我们有时候

或自以为聪明

或自以为愚蠢

或把自己当成仙

或把自己当成鬼

或把自己当成……

就是我们有时候

没有把自己当成

真真实实的

堂堂正正的人

关于哲学的只言片语

（一）

哲学不仅是一种信仰

更是对信仰的一种审视

（二）

许多年前期盼一种成熟的人生

每每见到长者都有对智慧的崇拜

一晃间

我也到了不惑之年

诸多感悟都化成了一种自己

所应有的人生态度和生活方式

如此这般才有可能在人海中寻找到自我

我想

这也许就是人生哲学的生成过程

（三）

哲学是生活

追求纯粹的哲学其实就是背离哲学的纯粹

（四）

哲学不仅仅是知

或者说是对真的追求

更是一种感悟

用心在实践中对真的感悟

（五）

思索中的痛苦是幸福的

它得到的是本真

略去的是虚华

（六）

哲学的研究

不仅是对哲学本身的反思

更是对人的精神的提升

（七）

一个人活在当下

活得真实

就是懂哲学的人

（八）

能把复杂的事情做得简单

你就是专家

能把简单的事情不厌其烦地重复做

你就是行家

能把重复的事情用心做

你就是赢家

能把事情的七八分想清楚做明白

你就是哲学家

（九）

哲学给人智慧，是先让自己拥有智慧

哲学给人快乐，是先让自己拥有快乐

哲学给人品行，是先让自己拥有品行

（十）

道以正法自然归

道正取果必以至

（十一）

用一生的勤劳、智慧

以及由此而得的财富建造一座宅子

是对自己的酬劳

是对家人的庇护

也是对故土的永远难以割舍的眷恋

不仅如此

这可能也是一种追求人的精神的升华与固化

体现出的是人的尊严和人格

一座宅子

必定有一种哲学寓于其中

（十二）

一切历史的精华

都是思想史

即哲学史

（十三）

让我们能回到儿时记忆的

往往就是那些无言的

但又承载着时光痕迹的物件

这是哲学的呈现

（十四）

信仰是高尚的纯粹的

如果没有真的信仰而去信仰

那就是对自己良知的背叛

对自己思想的折磨

（十五）

对人而言

时间的意义

就是人的积极存在

（十六）

黑格尔说

哲学是把握在思想中的时代

故此

认识哲学就要

从历史的现实的时代的角度来考虑

（十七）

没有历史的把握和现实的体验

何来哲学的认知

更哪有哲学的创新和话语体系的构建

（十八）

读《毛泽东选集》

就是在读懂中国近现代史

在感悟中华民族哲学智慧

（十九）

哲学是历史的智慧

中国哲学与西方哲学都站在不同的高峰上

把握人的生存和发展

（二十）

哲学的源头

哲学的尽头

宇宙的诞生

宇宙的永恒

后记

诗是人类语言之精华，可言物，可言人，更能言语人的心情、感悟、志向和其他。作为人观照世界的一种基本方式，诗的表达既精练、传神，又能彰显智慧的力量与深邃的思考，同时，还让人感到美的存在。自少年起，我就喜爱诗，读诗、写诗也成为我一大人生乐趣。

本诗集取名《感性与理性—— 一种关于人生哲学的思辨》，一方面在感叹时光如梭中感悟人生，过去的事儿似乎还在眼前，却已远去多年，还没有好好感受青春，转眼就快退休了；另一方面也表明自己始终在感悟生活，思索人生，在感性与理性的思辨中以便求得做以求实，学以成人。此外，在诗歌创作过程中，结合自己的工作也进行了一点创新，尤其是受到西北民大进行的构建“大思政课”铸魂育人体系教育教学改革实践的启发和根据本人工作室及其原所在单位进行的“诗化德育”研究，探索如何将哲学思想和思想政治教育用一种诗的语言意象表述并浸润人心。今编选的八十首拙作，大致记录了我二十出头到现在五十多岁三十余年的人生经历、从教体会，愿与同学、朋友、同仁、学生、亲人共勉，也请大家在闲暇时批评指正。

本诗集出版过程中，得到不少同志的帮助和支持，在此一并致谢！

柔刚

二○二四年仲秋于兰州